AF315106

OBSERVATIONS

POUR

LES COMEDIENS FRANÇOIS,

ORDINAIRES DU ROI,

OCCUPANT LE THÉATRE DE LA NATION,

SUR

Le Rapport fait à la Commune de Paris par ses Commissaires, le 27 Mars 1790,

RELATIVEMENT AUX SPECTACLES.

A PARIS,

DE L'IMPRIMERIE DE PRAULT,
Imprimeur du Roi, quai des Augustins,

1790.

OBSERVATIONS

POUR

LES COMEDIENS FRANÇOIS,

ORDINAIRES DU ROI,

OCCUPANT LE THÉATRE DE LA NATION.

SUR

Le Rapport fait à la Commune de Paris par ses Commissaires, le 27 Mars 1790,

RELATIVEMENT AUX SPECTACLES.

DEPUIS quelques mois, la Comédie Françoise n'entend autour d'elle que des plaintes, & ne voit, dans ceux même à qui elle a montré le plus d'attachement, ou le plus de condescendance que des ennemis.

Il semble que l'esprit de liberté soit un esprit de dénigrement.

On ne tient aucun compte aux Acteurs les

plus jaloux de plaire au Public, des efforts qu'ils font pour y réuffir.

On ne rend aucune juftice à leurs intentions.

On n'eft occupé qu'à leur difputer le mérite de leur zele ; on calomnie jufqu'à leurs bienfaits.

Peut-être ne feroit-il pas fans intérêt de rechercher la caufe fecrette, de cette forte de ligue qui femble s'être formée tout-à-coup contre un Théâtre qui a été fi long-temps en poffeffion de l'eftime générale, ni difficile de l'affigner.

Mais, indépendamment de l'efpece de répugnance que la Comédie Françoife éprouve à fixer l'attention publique fur ce qui peut lui être perfonnel, il eft fans doute convenable qu'elle attende, pour développer le régime de fon adminiftration, dont elle peut d'avance attefter la fageffe, & répondre aux reproches qu'on fe permet de lui faire, le moment où une Municipalité organifée fuivant les Décrets

(5)

de l'Assemblée Nationale, croira devoir s'occuper
de la forme & du gouvernement des Spectacles
de la Capitale.

Jusqu'à ce que cette Municipalité soit établie,
tout ce qu'on écriroit seroit prématuré.

La Municipalité actuelle, en effet, n'a aucun
pouvoir.

Son administration n'est que provisoire.

Les questions qu'on agite dans ses Assemblées
n'emploient que du temps.

Plusieurs des principes, d'ailleurs, qu'on y
établit ne sont que des paradoxes.

Quelques uns des projets, même, qu'on y
propose ne repandent que des inquiétudes.

Et c'est peut-être une chose très-remarquable
que cette extension presque illimitée d'une autorité

pourtant circonfcrite, que fe font permis ainfi avec tant de rapidité des hommes recommandables, d'ailleurs par leur patriotifme & par leurs lumieres.

Nous pouvons en citer pour exemple, le compte qui vient d'être rendu à la Commune, par fes Commiffaires, relativement aux Spectacles.

On aura peut-être de la peine à croire qu'on avance dans ce compte, comme *principe*, que la Commune eft *proprietaire* née de tous les Spectacles qui s'établiffent dans fon enceinte, & qu'on y propofe comme *plan* d'expulfer *d'autorité* tous les poffeffeurs actuels des grands Théâtres de la Capitale, & de livrer ces Théâtres à des entrepreneurs qui les exploitent à leur profit, & les gouvernent à leur volonté.

C'eft fur ce principe même & fur ce plan que repofe comme fur deux bafes fondamentales toute la difcuffion du compte rendu.

On fe doute bien que nous n'entendons pas

nous jetter ici dans la queftion de favoir à qui appartient véritablement le droit des fpectacles.

Si les Municipalités peuvent s'en attribuer la propriété:

Si cette propriété mife dans les mains des Municipalités ne deviendroit pas un titre à une conceffion de privileges:

Si des priviléges de ce genre peuvent exifter aujourd'hui & fe concilier avec la liberté que la Nation à reconquife:

Si des Citoyens qui fe réuniffent n'ont pas au contraire la faculté d'établir des Spectacles, fans l'intervention même de la puiffance publique, & en ne bleffant d'ailleurs ni le bon ordre que cette puiffance eft obligée de protéger, ni les mœurs dont le dépôt eft confié à fa garde.

Cette queftion ou plutôt ces queftions qui ont leurs difficultés tout à la fois & leur importance, ne peuvent être décidées que par l'Assemblée Nationale ; une Municipalité n'en a pas le droit.

Nous ne voulons seulement que jetter ici un coup d'œil sur le projet proposé à la Commnne par ses Commissaires de donner les grands Théâtres & en particulier la Comédie Françoise à l'entreprise, & surtout sur les prétextes qu'on emploie pour justifier un projet aussi bizarre.

Suivant le *Compte rendu*, le Public n'est pas satisfait des Comédiens François, les Auteurs s'en plaignent, leur administration est vicieuse, ils sont écrasés de dettes ; & c'est la forme même de leur régime qui améne tous ces inconvéniens qui, à ce que prétendent ces Commissaires, n'arriveroient pas avec un Entrepreneur.

Nous allons examiner chacun de ces reproches & les réfuter.

On va voir que ce n'est pas une tâche bien difficile.

D'abord dit-on, le Public n'est pas satisfait.

Mais de quel Public entend-t-on parler ?

Est-ce du Public impartial, réfléchi, tranquille, ou seulement de quelques hommes chagrins ou cabaleurs ?

Pour ceux - ci sans doute, quelque chose que fissent les Comédiens François, ils auroient bien de la peine à remplir l'étendue de leurs desirs ou à en flatter l'inconstance.

Mais le vrai Public comment se plaindroit-il d'eux ?

Il n'y a pas un seul Acteur qui ne fasse constamment ses efforts pour mériter ou conserver son suffrage.

Ils varient les pièces le plus qu'ils peuvent.

Ils se prêtent à jouer toutes les nouveautés qui peuvent être de quelqu'intérêt.

Ils cherchent même quelquefois à étendre la sphére de leur talent pour étendre aussi celle des jouissances que le Public veut bien y trouver.

En un mot, ils ne sont occupés qu'à conquérir, à force de dévouement, une estime qui fait leur gloire tout-à-la-fois & leur destinée.

On dit que chacun d'eux, accoutumé à regarder l'emploi dont il a acquis l'expérience, comme une propriété, n'est attaché qu'à le défendre contre les rivalités qui pourroient lui en disputer l'exercice.

Sans doute, tout bon Comédien est jaloux, & doit même l'être, de l'emploi auquel il est propre.

Mais n'en est-il donc pas ainsi dans les *entreprises* ?

Croit - on qu'un Directeur soit le maître,

comme le prétendent les Commissaires de la Commune, de changer les emplois à leur volonté ?

Est-il même possible de faire une loi à un Comédien qui s'est engagé à jouer les rôles ou de père, ou de financier, ou de petit-maître, d'abandonner celui de ces rôles auxquels il est accoutumé, & dont l'habitude, unie à l'exercice de la pensée, lui a donné le talent, pour en jouer qui ne lui conviennent pas, ou qui lui font étrangers ?

A-t-on la liberté d'enfreindre ainsi, à son préjudice, la condition qu'il a mis lui-même à l'engagement qu'il a contracté ?

En a-t-on le droit ?

Il faut ne pas connoître les Spectacles, pour se permettre de pareilles assertions, ou de pareils reproches.

On dit encore que les Comédiens écartent les talens naiffans.

Et où pourroit être leur intérêt ?

Où font les exemples ?

D'abord, un talent formé ne peut voir dans le talent naiffant qu'un fecours qui fe prépare pour lui, ou un fucceffeur qui s'avance, mais, jamais un véritable rival.

Mais enfuite, plus de talens parmi les Comédiens, & plus de fuccès.

Plus de fuccès, & plus de recette.

Ainfi, le calcul même eft ici d'accord avec l'amour propre.

Les Auteurs fe plaignent; ils ont même, dit-on, préfenté aux Commiffaires de la Commune un mémoire dans lequel leurs réclamations font développées.

Mais sur quoi donc peuvent porter ces réclamations des auteurs ?

Ce ne peut être que sur celles de leurs piéces
que les Comédiens refusent de jouer, ou sur
les droits qui peuvent leur appartenir, à raison
des piéces qu'ils jouent.

Quant aux *piéces* que les Comédiens refusent de jouer, il est peut-être difficile qu'un
Auteur ait le courage de se faire justice à lui-
même, & de se rendre à un jugement même
équitable.

On ne peut pas, d'ailleurs, contester aux
Comédiens au moins une sorte de tact, la
connoissance du goût du Public, l'habitude de
la scène & des différens effets qu'elle peut
produire, le discernement qui tient à un long
usage souvent plus sûr que le talent même, &
que les Auteurs ne peuvent pas avoir.

Mais indépendamment de ces considérations

qui ont bien leur dégré de justeffe, quel feroit donc le motif qui pourroit déterminer les Comédiens à refufer de bonnes piéces, & à fe nuire ainfi à eux-mêmes en les refufant ?

Qu'on en cite une feule qui ait injuftement éprouvé ce fort de la part de la Comédie Françoife, depuis *cent-dix* ans qu'elle exifte.

Combien n'en a-t-elle pas joué, au contraire, dont on pouvoit lui reprocher d'avoir préfumé trop favorablement ?

Que de piéces n'ont pas réuffi, que la Comédie Françoife avoit acceptées uniquement par condefcendance ?

Que d'exemples en ce genre même recens ?

Cependant on a l'injuftice d'accufer les Comédiens d'une rigueur déplacée.

A l'égard des *droits* qui appartiennent aux

Auteurs fur celles de leurs piéces qui font jouées, il y a un mot bien fimple.

Ces droits font fixés par un réglement.

Ce réglement exifte depuis l'année 1780 ; & ce font les Auteurs eux - mêmes qui l'ont demandé, confenti & rédigé de concert avec les Comédiens qui l'ont foufcrit.

Les Auteurs ne font donc pas fondés à fe plaindre.

Si, aujourd'hui qu'on veut tout changer même ce qui eft bien, les Auteurs defirent que ce réglement foit changé, ils en font les maîtres.

La Comédie Françoife ne s'y oppofe pas.

Et non-feulement elle ne s'y oppofe pas, mais elle le demande elle - même. Car depuis la révolution, qui a fait un tort fi fenfible à tous les fpectacles de la Capitale, fon propre intérêt eft encore plus bleffé par les bâfes du réglement de 1780, que celui des Auteurs.

(18)

Il ne feroit donc queftion aujourd'hui que de faire un autre réglement conventionnel entre les Auteurs & les Comédiens fur des bâfes nouvelles.

Nous difons un *autre réglement;* car on fent bien qu'il eft impoffible de faire un marché à chaque piéce.

Perfonne n'y gagneroit, & ce feroit un embarras qui renaîtroit fans ceffe.

Des conventions fages, libres, compatibles avec tous les intérêts, & adoptées par tout le monde, font ce qu'on peut imaginer de mieux, & la Comédie Françoife eft toute prête à en accepter de femblables. (1)

____

(1) Déjà un des Membres de la Comédie Françoife, (M. d'Azincourt) a propofé à fes Camarades une forme d'arrangement qu'ils fe font empreffés d'accepter, & en a conféré auffi avec les Commiffaires des Auteurs, qui en ont trouvé les bâfes auffi juftes que raifonnables.

L'adminiftration

L'adminiſtration de la Comédie Françoiſe eſt, dit-on, *vicieuſe* :

Mais où ſont ces prétendus vices ; qu'on les indique ?

Il n'y a rien de plus ſimple, au contraire, que ſon régime.

C'eſt une Société formée en *commendite* & qui ſe gouverne elle-même.

Cette Société met en maſſe tous ſes revenus, prélève, chaque mois, toutes les dépenſes de tout genre qu'elle acquitte avec la plus rigoureuſe exactitude, & partage enſuite ce qui lui reſte entre les différens membres qui la compoſent, ſuivant le dégré de rétribution ou d'intérêt qui eſt fixé pour chacun d'eux.

Il ſeroit peut-être difficile d'imaginer une forme d'adminiſtration moins compliquée que celle-là, & plus ſage, & où l'intérêt de tous fût plus dans le bien même de chacun.

B

On dit que la Comédie Françoife a des dettes ;

Mais quel eft l'établiffement un peu confidérable qui n'en a pas ?

Croit-on que les *entreprifes* foient elles-mêmes exemptes de dettes comme le prétendent les Commiffaires de la Commune ?

Toutes les directions des Provinces au contraire en font chargées.

Lyon doit cent mille écus, Bordeaux douze cents mille livres , Rouen trois cents mille livres.

L'entreprife de Marfeille eft fi onéreufe que les Directeurs cherchent à s'en défaire.

A Paris même le théâtre du Palais-Royal, dirigé par entreprife, doit, à ce qu'on affure, 800,000 livres, & peut-être plus.

Ce ne font donc pas là des exemples à citer.

Mais au furplus quels font les Créanciers qui fe plaignent de la Comédie Françoife, & quand ces Créanciers fe taifent, qui eft-ce qui a le droit de parler à leur place ?

Si la Comédie d'ailleurs a un million de dettes, elle a plus d'un million d'actif en propriétés immobiliaires ou foncières, ainfi c'eft comme fi ces dettes n'exiftoient pas.

Les emprunts même qu'elle a faits n'ont eu que des caufes néceffaires.

Elle ne les a faits que de l'autorifation de fon Confeil, & avec l'approbation de fes fupérieurs.*

Et quand il a été queftion des befoins de l'État, la Comédie a été la première à fe rendre la charge de ces emprunts perfonnelle, & à impofer à chacun de fes Membres l'obligation de les acquitter individuellement.

" Voilà toutes les accusations du compte rendu, réfutées, & cependant nous n'avons encore rien dit de l'impossibilité où l'on feroit de livrer le Théâtre François à une entreprise. Du défaut de puissance à cet égard d'aucun corps administratif ; de l'atteinte que ce projet porteroit à une propriété dont on ne peut ni exiger ni ordonner le sacrifice ; du droit qu'ont les Comédiens de faire valoir eux-mêmes leurs talens, & non pas d'être obligés d'en abandonner le produit à des Directeurs ; de la nécessité qui circonscrit le Comédien dans son état seul, & qui en le circonscrivant ainsi, lui ôte toute autre ressource que celle qu'il peut tirer de son état même.

On sent combien le développement de ces considérations ajouteroit encore de force aux observations que nous venons de proposer contre le projet des Commissaires de la Commune, & combien il en démontreroit encore plus l'absurdité.

Nous ne dirons rien au reste non plus de cet autre projet des Commissaires de la Commune, d'établir à Paris une nouvelle troupe rivale du Théâtre François, comme si dans un temps où tous les théâtres sont déserts, on pouvoit espérer d'en entretenir un de plus dans la Capitale,

La Comédie Françoise ne prend aucun intérêt à ce qu'il y ait ou n'y ait pas une seconde troupe à Paris.

Elle observera seulement deux choses :

La première, c'est que ce n'est qu'après s'être bien convaincu par l'expérience, le meilleur guide sur lequel puisse s'appuyer la raison, qu'il étoit impossible de conserver à Paris deux troupes véritablement rivales, ou seulement concurrentes l'une de l'autre, sans que l'art du théâtre ne perdît à cette concurrence même, que Louis XIV s'est déterminé dans le siècle dernier à réunir la troupe de l'Hôtel de Bour-

gogne & celle de Môlière, qui exiſtoient toutes deux dans le même temps.

La ſeconde, c'eſt qu'il ne faut pas qu'on
croye, comme paroiſſent le penſer les Commiſ-
ſaires de la Commune, que cette ſeconde troupe
qu'on établiroit, pût jouer les mêmes pièces que
joue aujourd'hui la Comédie Françoiſe.

Ces pièces que joue la Comédie Françoiſe
ſont ſa propriété.

Elles les a acquiſes par des marchés qu'elle
a faits avec les Auteurs.

Ces marchés remontent dans ſes regiſtres
juſqu'à *Rotrou* qui a donné Venceſlas à la ſcêne
Françoiſe.

On n'a donc pas le droit de lui en enlever
le fruit.

Ce n'eſt pas dans un moment, où la Nation
entière vient de mettre toutes les eſpèces de
propriétés, au nombre des droits les plus ſa-
crés de l'homme, que la Comédie Françoiſe
pourroit craindre de perdre les ſiennes.

Ainſi qu'on établiſſe ſi l'on veut une ſeconde troupe, cette troupe ne jouera que les pièces qui ſeront faites pour elle.

Celles qui ont été faites pour la Comédie Françoiſe continueront à lui appartenir, & elle aura encore de plus celles qui ſeront faites pour elle ſeule.

Mais au fond, que réſultera-t-il de cet établiſſement ? Nous l'ignorons.

Tout ce que nous pouvons dire, c'eſt qu'il y a à peine aſſez de talents aujourd'hui pour une troupe ſeule, & que ſi l'une des deux vient à avoir plus de ſuccès que l'autre, comme cela doit néceſſairement arriver, il faut que l'autre ſoit écraſée, & qu'ainſi il n'y en aura jamais qu'une.

www.ingramcontent.com/pod-product-compliance
Ingram Content Group UK Ltd.
Pitfield, Milton Keynes, MK11 3LW, UK
UKHW021719130726
13696UKWH00006B/2420